OUVERTURE

DU CADAVRE

DE LA FILLE DUVAL,

Agée de trente-deux ans,

Morte avant l'Accouchement,

PAR ANTOINE PLANCHON,

Ancien Membre du Collége de Chirurgie
de Paris.

An æspt de la République Française, une et indivisible.

La fille Duval, qui fait le sujet de
cette observation, demeuroit rue de la
Tacherie, n°. 8, division des Arcis.
Elle avoit sans doute beaucoup à se
plaindre de la nature, puisque après
une enfance extrêmement débile et ra-
chitique, elle n'avoit pu parvenir qu'à

la taille de trois pieds trois pouces. Les traces du rachitis se montroient encore au tronc, aux cuisses, aux jambes et aux doigts, tant des mains que des pieds. Les os de la tête et des bras étoient les seuls qui ne parussent point partager les effets de cette cruelle maladie ; partout ailleurs la difformité étoit remarquable.

Devenue grosse pour la premiere fois, à l'âge de 31 ans, elle donna sa confiance à une sage-femme, qui lui rendit pendant quelque tems tous les soins dont elle étoit capable. La citoyenne Durnay (c'est le nom de cette sage-femme), me pria de voir sa malade, qui étoit alors dans le neuvieme mois de sa grossesse. Je me rendis en effet chez elle le 2 Fructidor an 6, et je la trouvai dans les plus vives souffrances.

La croyant sur le point d'accoucher, je voulus m'assurer, par le toucher, de son état positif. Je jugai, par ce moyen, que le diamètre antéro-postérieur du bassin avoit, au moins, deux pouces et demi, pris depuis le milieu de l'arcade du pubis, jusqu'à la saillie de l'os sacrum, laquelle me parut considérable.

Cet examen terminé, la malade me fit plusieurs questions sur sa position critique. Après lui avoir donné toute la consolation qu'un cœur sensible peut offrir à la douleur, je lui répondis qu'elle n'étoit pas à terme, à douze ou quinze jours près : qu'elle seroit souf-frante jusques-là, sans qu'il fût possible d'adoucir sensiblement ses maux. Je l'exhortai cependant, à se munir du courage nécessaire pour supporter une ou plusieurs opérations, qui me pa-

raissoient promettre d'heureux résultats.
Mais cette infortunée avoit si peu de
forces morales, qu'elle se refusa opiniâ-
trement à tous procédés chirurgicaux.

Il faut convenir que son état étoit
affreux , (et il a été connu de plusieurs personnes de l'art, d'un mérite
distingué, qui la virent dans les derniers
tems de sa grossesse) : tout son corps
étoit infiltré ; toute la surface en étoit
luisante et tendue à pleine peau. Je re-
connus , moyennant une légère explo-
ration , un grand volume liquide épan-
ché dans l'abdomen , et dans lequel les
intestins baignoient et vacilloient. La
poitrine présentoit un état de gêne ex-
trême , qui annonçoit son inondation
générale. La respiration étoit infiniment
laborieuse : cette fonction si importante
n'avoit lieu chez la fille Duval, que

dans une attitude où elle avoit les pieds à terre et le dos appuyé contre son lit.

On voit dans ce simple exposé , tous les signes d'une anasarque portée au plus haut dégré. Il est raisonnable de penser que ce triste résultat étoit celui d'une grossesse amenée peu-à-peu , et dans laquelle le développement de la matrice s'étoit effectué avec peine et lenteur. Cette fille , avant de devenir enceinte , jouissoit d'une bonne santé.

Enfin , le 17 Fructidor, quinze jours après ma première visite , la citoyenne Durnay fut mandée pour secourir sa malade , qui éprouvoit des douleurs foiblement préparentes. A son arrivée, elle la vit expirer presque subitement de suffocation. Elle la toucha et ne sentit aucune apparence de dilatation à l'orifice de la matrice. Vingt heures après, je fus appellé pour faire l'ouverture du cadavre, à laquelle je procédai de la manière suivante.

Je donnai au corps la situation usitée dans les accouchemens de force : je pris cette précaution, pour l'instruction des sages-femmes qui étoient présentes. Je leur fis toucher la matrice, après leur avoir préalablement observé que la dilatation de son orifice n'excédoit pas l'étendue d'une pièce de douze sous, chose que l'on remarque constamment chez les femmes qui meurent au terme de neuf mois, avant d'accoucher. Les praticiens n'ignorent pas que le relâchement de ce viscère y donne plus ou moins lieu dans les derniers instans de la vie.

Décidé à l'opération Césarienne, je pratiquai suivant la direction de la ligne blanche et de bas en haut, une incision à laquelle je donnai une longueur d'environ six pouces. Après la section des tégumens et des muscles, celle du péritoine donna issue à sept ou huit pintes d'eau, au milieu de laquelle flottoient la matrice et les intestins. Ce liquide me parut être d'une aussi bonne qualité que le meilleur qu'on pourroit obtenir dans une paracenthèse. J'incisai l'utérus dans une longueur de trois grands pouces, et le plus près du col qu'il me fut possible. Cet organe étoit très-volumineux, molasse, épais, et présentoit en divers endroits des inégalités charnues, qui avoient sans doute pour cause un développement difficile et gêné, par la difformité hideuse qu'offroit le physique de la fille Duval. L'enfant, que je retirai par les pieds, étoit de sexe masculin et de moyenne grosseur, avec son placenta , ses membranes et ses eaux. Sa position étoit naturelle , à quelque chose près ; sa tête étoit légèrement inclinée de gauche à droite , situation à laquelle il eût été facile de remédier , à l'aide d'une main expérimentée. Sa mort me parut dater de celle de la mère.

Les parties étant à découvert, j'examinai le diamètre du bassin , pour juger si je l'avois apprécié d'abord dans sa juste étendue. Je lui trouvai , en effet , deux pouces et demi , de devant en arrière , c'est-à-dire , depuis la symphyse pubienne jusqu'à la saillie des deux premières pièces ou fausses-vertèbres qui font partie du sacrum. Cette saillie se prolongeoit dans le bassin de derrière en devant , en forme d'épine mousse d'une pouce de hauteur , sur une largeur de dix-huit lignes. Le bassin se trouvoit ainsi partagé entre deux cavités égales. Toute sa circonférence donnoit huit pouces, tandis que le plus grand diamètre de la tête de l'enfant en avoit douze. Les sutures du crâne présentoient un écartement considérable, qui auroit pu permettre le chevauchement des os et favoriser l'alongement de la tête, lorsque les douleurs de l'accouchement se seroient fait sentir. Mais cette grace assez ordinaire de la nature fut refusée à la fille Duval.

La poitrine contenoit beaucoup d'eau et deux poumons, qui répondoient parfaitement à la conformation bisarre de cette cage osseuse. Il est donc bien évident que cet état d'humidité et de relâchement où se trouvoit la matrice, avoit rendu celle-ci, pendant un tems marqué par la nature, incapable d'aucun ressort physique , et conséquemment inhabile à se débarrasser de l'enfant qu'elle embrassoit. On peut cependant conclure avec certitude que l'accouche-ment auroit été à la vérité très-pénible, mais non pas impossible. Il auroit fallu, sans doute, et tout praticien l'auroit prévu, le terminer par les pieds , ou avec les forceps. Mais dans ces deux cas, le passage forcé de la tête par ce mauvais bassin , auroit néces-sité un enfoncement dans le paroi du crâne qui auroit correspondu à la saillie de l'os sacrum. il eût même été pos-sible que la peau de la tête fût meur-trie ou enlevée dans le trajet : mais l'expérience ne nous aprend-elle pas tous les jours que la compression exercée par un tel bassin, et l'application du

forceps (deux forces qui agissent sé-
parément ou de concert sur la tête de
l'enfant), ne produisent que des simples
écorchures, qui ne sont pas essentiel-
lement nuisibles ? Si quelqu'un osoit
le nier, j'en appellerois aux praticiens
éclairés. La même difficulté n'existe-
t-elle pas chez beaucoup de femmes
ainsi contrefaites ? Cependant une main
habile en termine le travail, et conserve
la mère et l'enfant.

Il me paroît démontré, d'après tout
cela , qu'il y avoit plusieurs moyens
chirurgicaux pour tirer parti de l'état
compliqué où se trouvoit la fille Duval.
Le premier consistoit dans les mouche-
tures , le second dans des incisions , le
troisième dans de larges vésicatoires.
Si aucun de ces procédés n'avoit pu
déterminer l'écoulement du liquide qui

remplissoit le tissu cellulaire et les grandes cavités, on auroit pu, en quatrieme lieu, hasarder la ponction. Cette opération, secondée des moyens indiqués par les circonstances, devoit avoir pour cette fille les heureux résultats que l'on obtient assez souvent sur d'autres femmes dans des cas tout-à-fait semblables. Pour cinquième et dernier moyen, un praticien éclairé se seroit déterminé à pratiquer l'opération césarienne avant terme, comptant peu sur l'action de la matrice, dont la force devoit être pour ainsi dire nulle dans le cas dont nous parlons.

Mais à quoi se résoudre dans une occurrence aussi compliquée ? Eût-on appris la chirurgie de Dieu même, fût-on fondé sur la structure et le mécanisme bien connus des parties, sur le

volume et la position de l'enfant ; eût-
on même obtenu la conservation de
deux êtres également intéressans , on
ne sauroit échapper à l'aveugle ressen-
timent du vulgaire , aigri par les insi-
nuations de la malveillance et de l'envie.
L'Anti - Césarien est aux aguets et n'at-
tend que des faits de cette nature , pour
attaquer avec ses armes ordinaires , la
calomnie et la mauvaise-foi , ceux dont
les talens et la célébrité justement ac-
quise irritent sa folle ambition , et sur
la ruine desquels il voudroit, à tout
prix , élever ses monstrueuses erreurs.

L'observation que je viens de rap-
porter n'est certainement pas prise au
hasard, et je n'ai eu , en la publiant,
d'autre intention que celle de repousser
l'inculpation faite à deux professeurs,
tous deux membres de l'ancien collége

de chirurgie (les citoyens Baudelocque et Dubois), à l'occasion d'une section césarienne qu'ils opérèrent ensemble et qui avoit été jugée indispensable, d'après une consultation infiniment sage et éclairée. L'aventurier ne manqua pas de saisir cette occasion pour avancer des faits contraires et faux ; il cria à l'*éventration*, dans les carrefours de Paris, prit la dénomination d'anti - césarien et se mit à la tête du rebut de l'art de guérir , dénonçant la haute chirurgie comme un attentat à l'humanité.

Misérables ! vous ne pouvez pas plus vous refuser aux principes certains de notre art, que l'homme médiocre ne peut nier les deux mouvemens de la terre, et l'homme instruit les vérités mathématiques. Eh bien ! il vous dit effrontément que tous les bassins peuvent permettre le passage de l'enfant au terme de l'accouchement. Non, jamais on ne dit rien d'aussi absurde.

Mettons-le à côté de ce faiseur de divinités, qui nous montre astucieusement la trinité par un triangle ou de toute autre manière, et disons lui : la chirurgie n'admet que des principes et des opérations fondés sur la certitude ; pourquoi les nies-tu ? Disons en même-tems à l'autre : si tu reconnois la trinité, qui constitue Dieu, pourquoi les dénatures-tu ? Ouvre l'histoire, vois le nombre des enthousiastes qui ont voulu donner des dieux à leurs semblables : il y en a plus de vingt mille. Comment te tireras-tu de-là ? en faisant sans doute à ton dieu une robe à ta manière, afin qu'il la porte

en un jour solemnel aux yeux du public,
qui admirera ton invention.—— O impos-
teurs! les moyens nouveaux par lesquels
vous prétendez conduire les hommes
au ciel et à la santé, sont aussi
illusoires que les calculs de Cambon,
qui avoit trouvé un Pérou dans les
guenilles de chacun.

A PARIS. De l'Imprimerie de MILLET, Rue de la
Tixéranderie, n°. 17.